魚服記

太宰治 + ねこ助

首次發表於《海豹》1933年3月

太宰治

明治42年（1909年）出生於青森縣，小說家。1935年，以〈逆行〉入選第一屆芥川獎，但與大獎失之交臂，隔年出版第一本創作集《晚年》。因《斜陽》等作品成為流行作家，最後留下《人間失格》一作，於玉川上水投河自盡。《少女的書架》系列除本作品外，尚有《葉櫻與魔笛》（太宰治＋紗久楽さわ）、《女生徒》（太宰治＋今井キラ）。

ねこ助（猫助）

插畫家，鳥居縣人。為書籍、遊戲、CD等封面繪製插圖。作品有《山月記》（中島敦＋ねこ助）、《紅蜻蜓》（新美南吉＋ねこ助）、《Soirée ねこ助作品集ソワレ》等。

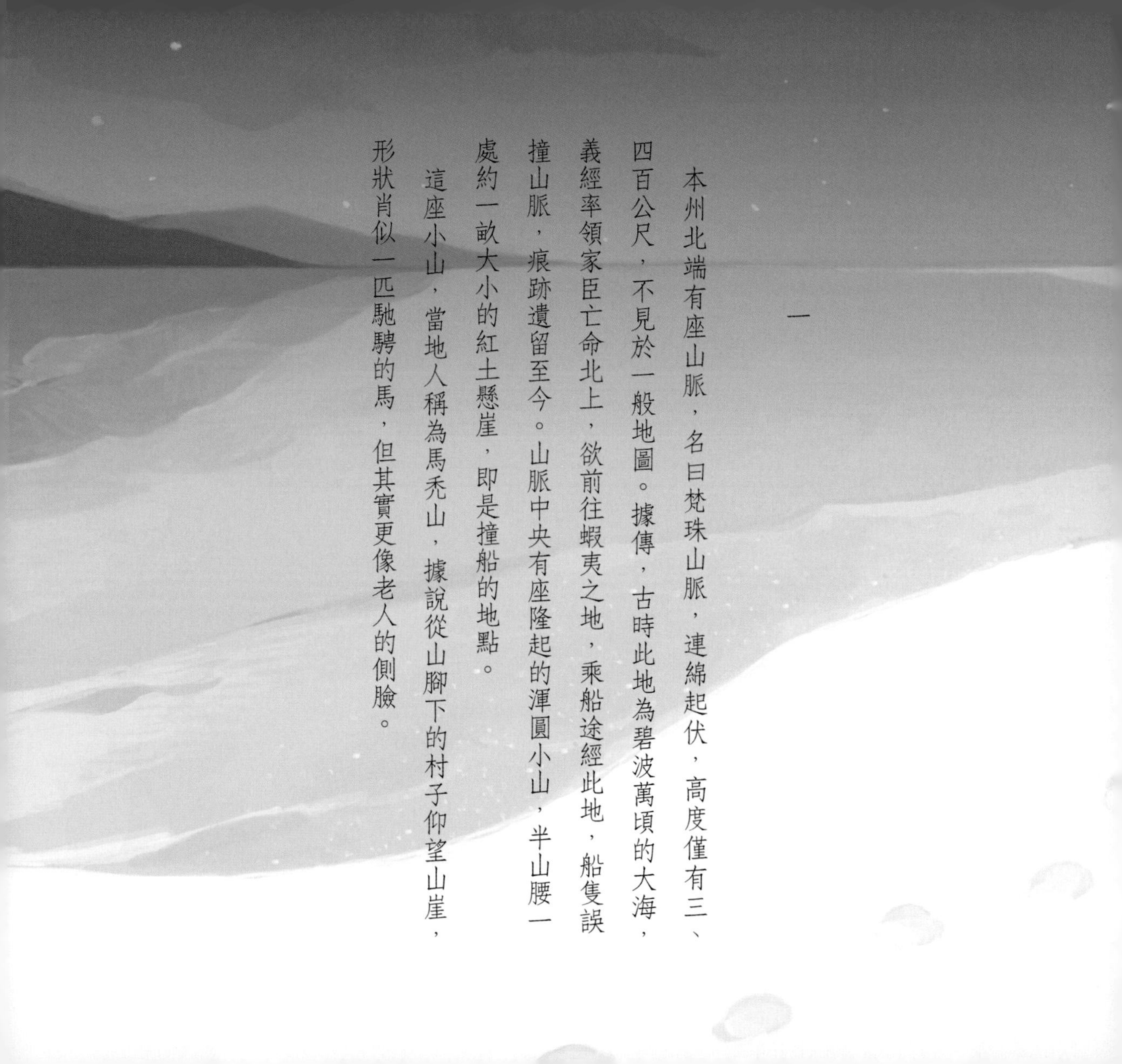

一

本州北端有座山脈，名曰梵珠山脈，連綿起伏，高度僅有三、四百公尺，不見於一般地圖。據傳，古時此地為碧波萬頃的大海，義經率領家臣亡命北上，欲前往蝦夷之地，乘船途經此地，船隻誤撞山脈，痕跡遺留至今。山脈中央有座隆起的渾圓小山，半山腰一處約一畝大小的紅土懸崖，即是撞船的地點。

這座小山，當地人稱為馬禿山，據說從山腳下的村子仰望山崖，形狀肖似一匹馳騁的馬，但其實更像老人的側臉。

馬禿山由於山陰處景色秀麗，在此地別負盛名。山腳村落僅二、三十戶，是一座荒村，但沿著村郊的河川溯河二里，便來到馬禿山的山背，此處有座高近十丈的瀑布，猶如白練。夏末至秋季，滿山火紅，每逢此一時節，來自附近城鎮的遊客便讓山裡熱鬧了些，瀑布腳邊甚至開了間簡陋的茶鋪子。

就在今年夏末，這座瀑布死了人。不是跳水自盡，完全是一場意外。溺死的是來這座瀑布採集植物的城裡書生，生得細皮嫩肉。這一帶有許多珍稀蕨類，經常有這類採集家造訪。

瀑潭三面皆是斷崖絕壁，僅西側一面開了道狹縫，溪水由此沖刷岩壁流出。峭壁受水花噴濺，終年濕漉，各處亦生了許多蕨類，在瀑布倒瀉的轟隆聲中顫動不已。

學生攀上了這座懸崖。時值午後，但懸崖頂上仍殘留著明亮的初秋陽光。學生爬到一半，落腳的一塊約頭顱大小的石頭脆弱地崩落了。學生倏地墜落，宛如硬生生從崖壁被扯了下來。落到一半，崖上一棵老樹勾住了他，但樹枝應聲折斷，學生撞擊在水潭上，發出一道巨響。

當時瀑布周圍有四五人目睹此景。然而，水潭旁茶鋪子的十五歲姑娘，看得最是清楚。

學生深深地墜入瀑潭，接著上身倏地彈出水面。他雙目緊閉，嘴脣微張。青色的上衣破了幾處，採集包還掛在肩上。

然後再次猛地被拽入水底，再也沒有浮起。

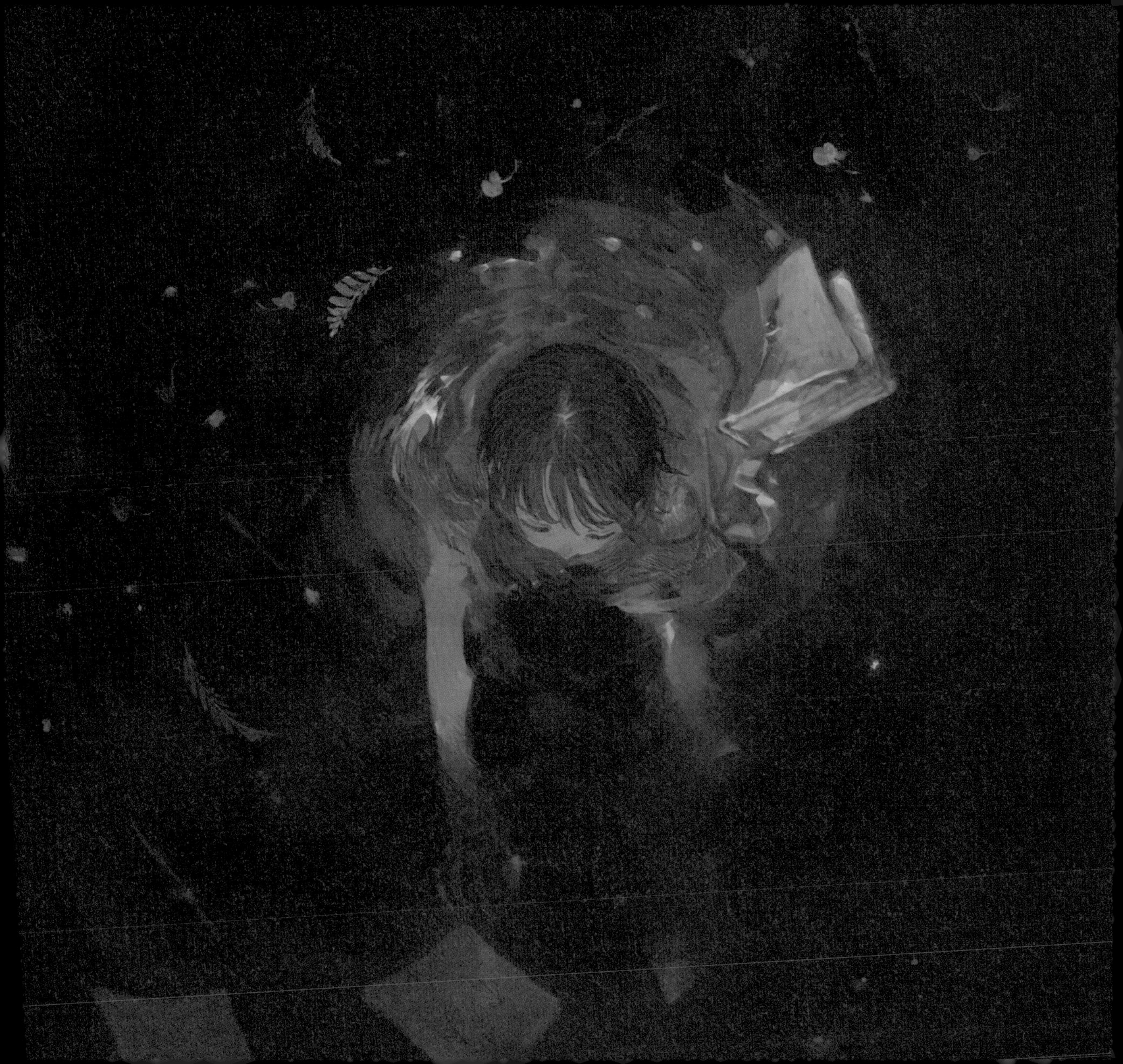

二

春土用到秋土用之間，每逢天氣晴朗的日子，馬禿山便會升起縷縷白煙，遠遠地也能望見。這時節，山中樹木富含天地精華，最適合燒炭，因此燒炭人也都忙碌了起來。

馬禿山有十幾間燒炭小屋，瀑布旁邊也有一間。這間燒炭小屋與其他的相隔極遠，因為小屋住民並非當地人。茶鋪的姑娘諏訪，就是這間燒炭小屋的女兒。一年到頭，諏訪和父親就在燒炭小屋裡起居。

諏訪十三歲時，父親在瀑潭邊用木頭和簾子搭了間小茶鋪，擺上彈珠汽水、鹽煎餅、飴糖和其他兩、三樣零食。

夏日將近，遊人開始零星現身山間，父親每早將這些吃食放進提籃裡拎到茶鋪子。諏訪跟在父親身後，赤腳在地上踩得啪噠響。父親很快就會返回燒炭小屋，留諏訪一個人顧店。只要瞥見遊山玩水的人影，諏訪便大聲招呼：來坐一下呵！因為父親叫她這樣說。但諏訪清脆的喊聲總是被瀑布的隆隆水聲蓋過，大多時候，甚至無法讓遊人回望一眼。從來沒有一天賺過五十錢。

黃昏時分，父親一身炭黑，從燒炭小屋過來接諏訪。

「賣了多少？」

「一毛也沒有。」

「這樣啊，這樣啊。」

父親不在意地囁嚅自語，仰望瀑布。接著兩人一起將鋪子裡的商品收進籃裡，返回燒炭小屋。

直到降霜之前，日日皆是如此。

把諏訪一個人留在茶鋪子，也不必擔心。她是山裡出生的野孩子，不怕在岩地上失足，或被捲入瀑潭。天氣好的時候，諏訪會脫得精赤條條，一路游到瀑潭近旁。游著游著，看見像是遊客的人影，她便活潑地撩起褐色的短髮，大喊：來坐一下呵！

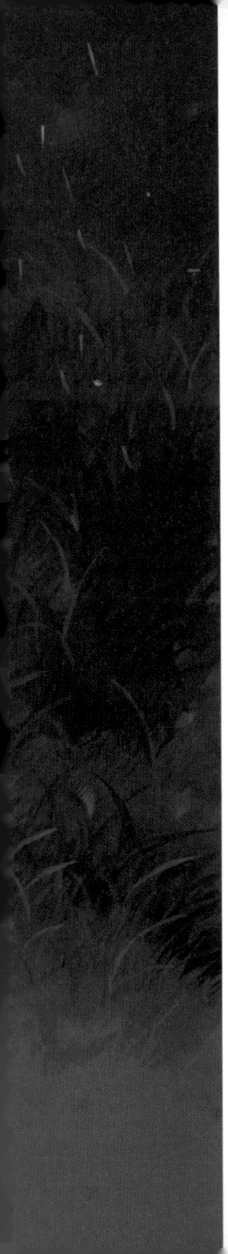

下雨的日子，諏訪就在茶鋪子角落蓋上簾子午睡。茶鋪子上方被大橡樹伸展而來的茂密樹枝所遮掩，正好蔽雨。

過往，諏訪總是望著滔滔流瀉的瀑布，期待落下這麼多水，一定總有落完的一天，或是訝異瀑布的形狀為何老是同一個模樣？

然而這陣子，諏訪開始會想得深一些了。

她發現，瀑布的形狀絕非總是同一個樣。水花飛濺的樣子、瀑布的寬窄，都眼花繚亂、千變萬化。她甚至得知了瀑布不是水，而是雲。水從瀑口落下後，化作白色氤氳騰騰升起，由此也可見一斑。況且，她想，水不可能這麼白。

這天，諏訪一樣恍恍惚惚地站在瀑潭邊。這天是陰天，秋風冷冽，把諏訪紅撲撲的臉蛋都颳疼了。

她是想起了從前。有一回，父親抱著諏訪顧炭窯，告訴她一個故事。有對兄弟三郎和八郎，平日砍柴為生，某天弟弟八郎在溪流抓了山女鱒回家，但沒等哥哥三郎從山上回來，就先烤了一條吃掉。嚐了一條，八郎覺得美味極了，又吃了兩、三條，欲罷不能，終於把魚全吃光了。結果八郎突然一陣口渴，渴得受不了，把井裡的水都喝光了還不夠，又跑到村郊的河邊繼續喝。喝著喝著，全身竟冒出片片鱗片。當三郎隨後趕到時，八郎已經化成了一條可怕的大蛇，在河裡游動著。八郎啊！三郎喊道，大蛇在河裡簌簌落淚，回應：三郎啊！哥哥從堤上，弟弟在河裡，兩兄弟彼此哭喊：八郎啊！三郎啊！卻終究是無計可施。

聽完這個故事，諏訪肝腸寸斷，抓起父親沾滿炭粉的指頭塞進小嘴巴裡含著，哭了起來。

諏訪從遙想中驀地回神，狐疑地眨了眨眼。因為瀑布正在囁嚅細語：八郎啊！三郎啊！八郎啊！

父親撥開崖壁嫣紅的爬藤葉，走了出來。

「諏訪，賣了多少？」

諏訪沒應聲，使勁抹了抹被水花打得濕亮的鼻頭。父親默然收拾店鋪。

諏訪和父親穿過一地的山白竹，走在返回燒炭小屋約莫三町遠的山路上。

「店要收了。」

父親把提籃從右手交到左手，彈珠汽水瓶碰得叮噹響。

「過了秋土用，沒人要上山了。」

日頭一傾斜，山間便只聞風聲。櫟樹和冷杉的枯葉不時落在兩人身上，猶如交雜的雨雪。

「阿爸。」

諏訪在父親身後說。

「阿爸，你活著是為了什麼？」

父親魁梧的肩膀顫了一下，拱縮起來。他細細地看了看諏訪肅穆的神情，低語：

「不曉得。」

諏訪扯咬著手裡的芒草葉，說：

「怎麼不死了算了！」

父親作勢要打，又忸怩地放下了手。他早就看出諏訪在鬧脾氣，但覺得這是因為諏訪也差不多是個小女人了，決定放過她這回。

「是啊，是啊。」

父親敷衍地應著，諏訪覺得荒謬透頂，呸呸吐出芒草葉，大吼：

「笨蛋！笨蛋！」

三

盂蘭盆節過去，茶鋪子收掉，諏訪最討厭的季節開始了。

這陣子開始，每隔四、五天，父親就會揹著木炭下去村子兜售。

儘管可以託人賣，但得花個十五、二十錢傭金，數目不小，因此父親都留下諏訪一人，自個兒下去山腳的村子賣。

天晴的日子，諏訪會在看家的時候出門採菇。父親燒的炭，一草袋能賣個五、六錢就算好的，實在不夠糊口，所以父親叫諏訪去採菇，拿到村裡兜售。

有種叫滑子菇的黏滑小菇，價錢很好。滑子菇群生在蕨類密集的腐木上。每回看到這些苔蘚，她就會想起唯一的朋友。她喜歡把苔蘚灑在裝滿野菇的籃子上，拎回小屋。

如果木炭和野菇都賣得好價錢，父親就會渾身酒味地回來。偶爾也會買些有鏡子的紙荷包等小玩意給她。

時值秋末冬初，這天一早便強風大作，滿山不寧，小屋的掛簾不住抖動。父親一大清早就下去村子了。

一整天，諏訪就關在小屋裡。今天她難得櫛髮，在盤繞起來的髮根處，紮上父親買給她的波浪花樣髮帶。接著撥旺了爐火，等父親回來。山林嘩嘩作響中，間雜著一道又一道動物嗥叫聲。

日頭西斜了，諏訪一個人吃了晚飯。配著烤味噌吃了雜穀飯。

入夜風停後，一下子凍寒起來。在這種靜得出奇的夜，山裡就會出現異事。不是傳來天狗劈啪伐木聲，就是小屋門口響起沙沙淘洗豆子聲，遠方清晰地傳來山人的笑聲。

諏訪等父親等得累了，裹著稻草被在爐邊睡著了。半夢半醒間，頻頻有人悄悄掀開門口的簾子窺覬。是山人在偷看，諏訪想，不敢動彈，假裝入睡。

餘燼火光中，她朦朧地看見白色的事物飄進門口泥地上。是初雪！寤寐之中，諏訪仍歡欣不已。

痛楚。身體被壓得發麻，還聞見那臭兮兮的呼氣。

「笨蛋！」

諏訪猝然大喊，糊里糊塗地奪門而出。

暴風雪！大雪猛地迎面撲來，她不禁狼狽地跌坐在地。頭髮和衣物一眨眼就被染得雪白。

諏訪爬了起來，全身劇烈喘息，熱灼灼地往前走。衣物被強風扯得亂七八糟，她不停地走。

瀑布聲愈來愈大了。諏訪大步前行，一下又一下用掌心抹去鼻涕。瀑布聲已來到腳下。

她從狂嘯的枯樹間低喊了一聲：

「阿爸！」

一躍而下。

四

回神一看，四下一片幽冥。隱約感覺得到瀑布轟鳴聲。聲音來自遙遠的頭頂。身體隨著那聲響款擺著，四肢百骸冷到了骨子裡。

哈哈，這裡是水底。明白之後，心頭無端暢快起來。神清氣爽。

不經意地，兩腿一伸，全身無聲無息地前進，險些一鼻子撞上岸邊岩角。

大蛇！

諏訪相信自己變成了大蛇。真開心，再也不用回去小屋了。她自言自語道，使勁抽動了一下鬍鬚。

原來自己只是條小鯽魚。只是嘴巴一張一合，動了動鼻頭上的小疙瘩罷了。

鯽魚在瀑潭附近的水淵恣意悠游。上一刻拍動胸鰭，浮上水面，下一秒奮力擺尾，潛入水底深處。

追逐水中的小蝦，藏身於岸邊的蘆葦叢間，啜食岩角的青苔，好不快活。

然後，鯽魚一動不動了。只有胸鰭時不時微微顫動，似乎正沉思著什麼，就這樣好半晌過去。

不久後，鯽魚身軀一扭，筆直朝瀑潭游去。一晃眼的功夫，牠便打著旋，像片葉子般被吸入水渦了。

＊本書之中，雖然包含以今日觀點而言恐為歧視用語或不適切的表現方式，但考慮到原著的歷史背景，予以原貌呈現。

譯註

關於本作品：

作者太宰治在《海豹通信　第七封》（1977年3月25日）有一則〈關於魚服記〉（魚服記に就て）的短文：

「魚服記」，聽說這是中國古書一則短篇故事的題目。日本的上田秋成將其翻譯過來，改題為〈應夢之鯉魚〉，收錄於《雨月物語卷之二》。

我在艱難的時期讀到了《雨月物語》。〈應夢之鯉魚〉裡，三井寺有個畫鯉的名家僧侶興義，某年患了場大病，魂魄化做金色鯉魚，逍遙於琵琶湖。讀完之後，我亦想化身為魚。我想化身為魚，嘲笑那些平日辱虐我的人。

看來我的想望落空了。想要嘲笑他人，或許根本就是不對的心思。

第2頁

【海豹】〔海豹〕《海豹》為太宰治與多名文藝同好於昭和八年（一九三三）三月創刊之文藝同人誌。〈魚服記〉即發表於創刊號，博得好評。該誌僅發行九期，於同年十一月熄燈。

第4頁

【梵珠山脈】〔ぼんしゅ山脈〕原文以假名標示。梵珠山位於青森縣，亦有說法認為此名是由原住民阿伊努族的地名發音轉化而成，漢字為後世所附會。

【義經】〔義経〕指源義經（一一五九～一一八九），日本平安時代末期的武將。助其兄源賴朝攻伐平氏，卻因功高震主，不見容於其兄，叛變失敗後逃亡北方，最後自盡。被視為悲劇英雄，留下諸多傳說。

【蝦夷】〔蝦夷〕蝦夷為明治時代開拓以前的北海道、千島、樺太的總稱，主要指北海道，為原住民阿伊努的居住地。後世傳說源義經未死，逃至蝦夷（北海道），傳授阿伊努人各種知識。

第7頁

【一畝】〔一畝步〕畝步為日本古時計算田地的單位，一畝為99．17平方公尺，約為一公畝大小。

【二里】〔二里〕里為日本傳統尺貫法的距離單位，一里約為3927公尺。

【十丈】〔十丈〕丈為日本傳統尺貫法的長度單位，一丈約為3公尺

第14頁

【土用】〔土用〕土用為日本陰曆中，立春、立夏、立秋、立冬的前十八天。

【諏訪】〔すわ〕原文中，女主角的名字是以平假名表記，音為suwa，漢字可作「諏訪」等。有研究者指出此名與諏訪（音「すわ」，suwa）地方（今長野縣諏訪市一帶）的龍蛇傳說「甲賀三郎」的關聯，故本篇譯為「諏訪」。

第19頁

【野孩子】〔鬼子〕原文「鬼子」一般指一出生就有牙齒，或天生異形的孩子，但從文章脈絡，應是指出生於山間，富有野性的孩子。

第25頁

【山女鱒】〔ヤマベ〕原文ヤマベ（yamabe）是東北地方對ヤマメ（山女魚・山女，yamame）的稱呼，為日本北海道至九州的陸封型櫻鮭。為保留地方性，在此譯為「山女鱒」。

第27頁

【三町】〔三町〕町為日本傳統尺貫法的長度單位，一町為109．1公尺。

第30頁

【盂蘭盆節】〔ぼん〕盂蘭盆節是日本以七月十五日為中心，前後數日的祭祖節日。

第34頁

【雜穀飯】〔黒い飯〕原文的「黑飯」為雜穀飯或麥飯的代稱。雜穀飯配味噌，是昔時窮人勉強維繫生命的基本粗食。

第37頁

【天狗劈啪伐木聲】〔天狗の大木を切り倒す音〕天狗是一種日本妖怪，形象為長鼻紅臉，穿著修驗道修行者的服裝，手持團扇。天狗伐木是日本東北地方普遍流傳的一種山中怪談：先是在山中聽見砍伐大樹般的聲音，接著傳來樹木倒地的巨響，然而循聲前往查看，卻毫無形跡。

【沙沙淘洗豆子聲】〔誰かのあずきをとぐ気配〕應是指日本妖怪「洗豆妖」（小豆洗い）所製造的聲響。據傳這是一種會在水邊發出類似洗豆子聲音的妖怪。

【山人】〔山人〕太宰治在寫作本作品前，曾讀過柳田國男的《山的人生》（山の人生），該書提到在山間的工寮，常遇見山女掀簾窺覷等情事，以及其他的山男山女傳說。原文此處「山人」應是參考了柳田國男民俗學思想中的「山人」概念，指的是隱居山中的原住民後裔，或在山上活動、有別於鄉里常民的異類。

解說

無法逆轉的痛——兩種〈魚服記〉的對讀

／洪敍銘

明代陸楫於嘉靖年間輯錄文言小說叢書《古今說海》，其中亦收錄了一則同為〈魚服記〉的故事（卷五十五），這則故事出自於《太平廣記》，注出於《續玄怪錄》，是一則流傳於唐代民間的短篇小說。這則故事說的是薛偉病後昏迷化身為鯉魚，他的見聞與遭遇亦在現實生活中呈現，值得注意的是，裡頭有一段十分奇異的敘述：「……若不聞者，按吾頸於砧上而斬之，彼頭適落，此亦省悟，遂奉召爾」，即薛偉是在廚子即將把自己化身而成的鯉魚斬殺之時甦醒，並趕忙召集眾人講述這段奇遇，眾人遂一生不再吃魚，薛偉之病也痊癒而獲得善終。明代藏書及出版風氣興盛，其編選、刪改或註解的意識，也多沿著當時代的議題，從欲望本能和社會倫理的結構辯證中，展現情、理的反覆拉扯與糾結，最後頗為一致地導向現實的回歸，進而進入社會與大眾思想接受的視野。

也因此，在陸楫所輯錄的〈魚服記〉中最為突出的「欲望」表徵，莫過於「人浮不如魚快也，安得攝魚而健游乎？」所談及的對於人世間煩惱瑣碎之事的逃離；換言之，獲得「自由」、掙脫「禮法」拘束，能夠過上清閒「曠達」的生活，是肩負著士大夫之責的薛偉遙不可及的夢想（本能），然而這種將身外之物拋擲在虛幻的人世間的想望所帶來的危機與風險，正在於「然配留東潭，每暮必復」以及「我人也，暫時為魚，不能求食，乃吞其鉤乎？」這種對於體制與秩序的回歸（倫理），這則故事中的薛偉在「幻想」與「真實」之間的選擇呼之欲出，又或者可以說，本能朝向倫理的回歸，使薛偉有了加官進祿的美好終局。

從這個面向來看太宰治的〈魚服記〉，立刻就能發現兩個文本之間的巨大差異，儘管我們觀察化身為魚的段落敘述，可以看見在對自由的渴望與企求上，有著相近的強烈驅力，例如：

> 聽而自顧，已魚服矣。於是放身而遊，意往斯到，波上潭底，莫不從容，三江五湖，騰躍將遍。《古今說海．魚服記》
>
> 鯽魚在瀑潭附近的水淵恣意悠游。上一刻拍動胸鰭，浮上水面，下一秒奮力擺尾，潛入水底深處。……追逐水中的小蝦，藏身於岸邊的蘆葦叢間，啜食岩角的青苔，好不快活。
>
> 太宰治〈魚服記〉

值得注意的是，化身為魚的「從容」與「快活」之感，必然有一個與之對應的苦痛情境，這也連結到太宰治所敘述：「阿爸，你活著是為了什麼」、「怎麼不死了算了」的困境；換言之，薛偉和諏訪乍看之下有著相近的、對於自由的嚮往——立基於對現實世界的厭煩或困窘，然而薛偉最終的清醒，代表著「化為魚」這種短暫的超脫，仍然帶有強烈歸返社會的意圖；反觀諏訪「一動不動了。只有胸鰭時不時微微顫動」、「牠便打著旋，像片葉子般被吸入水渦了」，則明顯地表現出了這個故事結尾的悲劇性。

當然，許多讀者根據情節的細微描述，指出諏訪自幼遭受父親性侵所造成揮之不去的陰影，導致她最後步上自殺一途，「再也不用回去小屋了」直接且痛地表現出在深山裡獨自成長的女孩在親情與孤獨間的拉扯——儘管在描述裡諏訪是開心的，然而諏訪與父親的關係一直都是被動的、等待的，且渴求關愛的，而在她縱身跳下山崖前所呼喊的那聲「阿爸」，也充滿無助、委屈與某種絕望；透過化身，隱晦地寫出了對於人世間消極棄世的思想，向來是太宰治為人所知的創作風格，當然也與他的生命經驗息息相關，然而從故事中幾段關於「死亡」的敘述中，或許我們仍可以再延伸出更多的解讀空間。

首先是諏訪目睹的學生溺斃意外，小說中描述了「學生深深地墜入瀑潭，接著上身倏地彈出水面」與「再次猛地被拽入水底，再也沒有浮起」的動態，而令人感到疑惑的是，除了強調「不是跳水自盡」以外，故事中並未再重述這場意外的細節；直到故事末尾，諏訪躍下瀑潭，化身為魚時，「上一刻拍動胸鰭，浮上水面，下一秒奮力擺尾，潛入水底深處」，在看似悠然自若的表演底下，也重新經驗了學生載浮載沉，最後死亡的歷程（像片葉子般被吸入水渦了）。或者作者想要傳達的是，在到達死亡的臨界以前，沒有人真正地能夠述說、描繪死亡的形貌或模樣；也就是說《古今說海．魚服記》中臨死時刻瞬時甦醒，人們得以帶著這些記憶歸返美好世界的可能性趨近於零，比較可能實現的，或許是那個父親講述的三郎與八郎的那個「人蛇永隔」的故事——一旦化身之後，悲劇即無法逆轉。

《古今說海．魚服記》中也敘說了非常類似的情節，即薛偉化成魚，被同僚們釣起而大難臨頭的呼救：「大叫而泣，三君不顧而付鱠……皆見其口動，實無聞焉」，化身或變身神話帶來的是物種再也無可逆轉的隔閡，只是《古今說海》給了薛偉大夢初醒的機會，而在太宰治筆下的三郎八郎與諏訪，無論他們感到悲痛、後悔抑或甘之如飴，他們所獲得的不同形式的「自由」，卻同時代表著他們終究要脫離真實世界，而且終究無法解惑或被理解，這種傷痛，或許是太宰治欲留給讀者最深沉的醒悟。

解說者簡介／洪敍銘

文創聚落策展人、文學研究者與編輯。「托海爾：地方與經驗研究室」主理人，著有台灣推理研究專書《從「在地」到「台灣」：論「本格復興」前台灣推理小說的地方想像與建構》、〈理論與實務的連結：地方研究論述之外的「後場」〉等作，研究興趣以台灣推理文學發展史、小說的在地性詮釋為主。

譯者

王華懋

專職譯者，長年耕耘筆譯，譯作包括推理、文學及實用等各種類型。
近期譯作有《虛魚》、《溫泉鄉青春曲》、《闇祓》、《貓咪的最後時光》、《影踏亭怪談》、《夜市》、《流浪的月》、《命運操弄者：特斯卡特利波卡》、《住那個家的四個女人》、《納爾曼年代記》系列等。
譯稿賜教：huamao.w@gmail.com

國家圖書館出版品預行編目資料

魚服記/太宰治作；王華懋譯. -- 初版. --
新北市：瑞昇文化事業股份有限公司,
2023.11
60面；18.2x16.4公分
譯自：魚服記
ISBN 978-986-401-676-1(精裝)

861.57　　112015194

TITLE

魚服記

STAFF

出版	瑞昇文化事業股份有限公司
作者	太宰治
繪師	ねこ助
譯者	王華懋
創辦人／董事長	駱東墻
CEO／行銷	陳冠偉
總編輯	郭湘齡
文字編輯	張聿雯　徐承義
美術編輯	謝彥如
國際版權	駱念德　張聿雯
排版	謝彥如
製版	明宏彩色照相製版有限公司
印刷	桂林彩色印刷股份有限公司
法律顧問	立勤國際法律事務所　黃沛聲律師
戶名	瑞昇文化事業股份有限公司
劃撥帳號	19598343
地址	新北市中和區景平路464巷2弄1-4號
電話	(02)2945-3191
傳真	(02)2945-3190
網址	www.rising-books.com.tw
Mail	deepblue@rising-books.com.tw
初版日期	2023年11月
定價	400元